句集

老年期

ronenki

杉田 桂

sugita katsura

文學の森

老年期

装画　直江眞砂
装丁　文學の森装幀室

句集　老年期

黄落

平成十九年〜二十一年

予告せしごとく雪ふる鬼房忌

海鼠腸《このわた》や疑念のこびりつきしまま

炎昼やふり返るたび貌くずれ

呆けるよりさきに狂いぬ鶏頭花

鶴帰り襤褸の父の羽搏けり

たんぽぽを縦に引き裂き川流る

凌霄花《のうぜんか》記憶のどこか血を流す
ひるがおやビルが覆いし焦土層

透明になりしは死者かつわぶきか

芥子坊主笑い死にせし乳房あり

知りながら罠に落ちゆく二日月

山脈や葛の葉となり立ちあがる

後頭に貘が棲みつく葉月かな

黄落や少年蹄の音立てて

浮かびきて母は霧笛を吹き鳴らす

つわぶきや水に映らぬ我のあり

冬牡丹のぞけば虚空ひろがりぬ

伽羅の香とすれ違いたる芒原

窯変に生《あ》れし美童を連れ歩く

乳房から笑いしずまる花ごろも

冬蝶の仮面のほかは知らざりし
言霊の玻璃より生る冬花火

薄墨の闇を吐きけり白牡丹

身の塩を尽くして消える雪女

鬱の日は身ぬちの蝶のよく眠り

桜咲くうしろの闇を切りさけば

ひおうぎやあなどり難き二枚舌

げんげ田に頭蓋忘れて帰りけり

陽まみれの老鱶になりいたるかな

邂逅は神のいたずら秋しぐれ

老いし父月蝕の斧ふりかざす

束の間の棲家でありし青鬼灯

神の手や青柿がわが脳天に

殺めねば首肥りゆく荒鷹は

三島の忌帆船海につきささり

実ざくろや星座の軋む音のせり

鬼あざみことば毳立《けばだ》つこと怖る

母恋の天涯にありすすき原

人体の奈落を落ちる草蜉蝣

かりがねや汚れてゆきし日章旗

枯菊の煩悩いくつ引き摺りし
返り血のまだ乾かざりつわの花

銀漢や真神となりて駆けのぼる

関東に捨井戸あまた雷走る

蓑虫をさそいてきたる湖底かな

ぬめぬめと刺青《タトゥー》の蠍月光に

白鯨の号泣のたび汐を吹く
吾亦紅音もなく身のこわれけり

おわりなき終章のあり秋ざくら

泥酔のわれたぶらかす雪ばんば

冬の虹沈黙の修羅つづきおり
美しきものは死ねよと鱶のひれ

暗転や薔薇のくちびる愉みしが
九条を抱いて沈む青海鼠

紫木蓮はらりと月の剝落す

咆哮のむなしかりけり春の森

夜桜や饒舌の死者少なかり

春の蠅まならう崩る摩天楼

鬼房がふらり過ぎゆく螻蛄の闇

狂気より醒むかげろうを切断し

身を寄せて花ふやしおり黄水仙

夜を生み大蒜の花咲き乱れ

蟬しぐれ焦土なまなましくひそむ

血の色に国籍はなしのうぜん花

天刑のごとく生きのぶ冬の蠅

あざみ野に消えゆく姉のふくらはぎ

いささかの疾《やま》しさがあり枯蟷螂

吾亦紅わがなきがらの燃えやすき

花いばら殺意といえば殺意なり
蓼の花枕の中に綺羅を見る

桜散り鯨しずかに割《さ》かれおり
原爆忌影重なりし橋の上

紅茸

平成二十二年〜二十四年

雪暗《ゆきぐれ》や紅絹の残りしけものの道

みちのくや枯野ひろがる鼠穴

冬牡丹澎湃と闇立ちあがる

父帰るさるとりいばら身にまとい

盛装の母直ぐに消ゆ水かげろう

糸遊や右脳から気化始まれり

冬の滝内耳に死ねとささやくよ
散る桜国家の闇のふかさかな

夏夕べ虚無として立つ摩天楼

父の影立ちあがりたる冬の濤

遺されし掌に凍蝶の破片《かけら》かな

硝煙の臭いを放つ海紅豆

生国や貌に張りつく牡丹雪

老人と海猫《ごめ》瘦せてゆく冬の海

晩年の胸に栖みつく白蛾かな

密葬にまぎれ込みたる冬の蝶

冬蛍ひそみて胸を濡らすかな

秋ざくら死者はけものと戯れる

冬すみれ骨肉の指あたたかし

白鯨ののたうつ海の響きかな

凍蝶に刺客の記憶よみがえる

まんぼうに祖国ありけり桜咲く

死が弾むかげろいている砂浜に

井戸端に肉塊となる寒椿

冬すみれ地球の暗みに身をひそむ

海流や吾が骨片と紅薔薇と

炎天を韃靼の馬駆けぬけし

はらからの貌が重なる冬芒

東日本大震災　三句

料峭や黄泉に拉致さる二万人

黒き濤羊の群れを呑み込めり

海底に蓑虫となり揺れいたり
木犀や日暮かすかに血が騒ぐ

黒揚羽ついに断層つき抜けし

大虎杖毒吐きつくし枯れいたり

馬の首しずかに垂れる冬夕べ

ためらいしことを悔めり走り梅雨

残年や鬼灯のなか棲みやすし

雪ばんば瓦礫の山にさんざめく

きりもみに逆光を降る冬の蠅

枯野菊しずかに待てり老いの罠

たましいの先ず触れてゆく大つらら

夕さればアネモネ妬心さらけ出す

母たちの楽園なりし白珊瑚
たましいを抜かれておりし紅茸に

老人のつぶやき絶えし冬の蠅

蒼氓

平成二十五年〜二十七年

さり気なく鷗となりて橋を越す

包丁は錆びついており茄子の花

存分に恋して死ねり雪やなぎ

葉ざくらや闇の薄らぐ夜明前

逃水の悲鳴を聞きに海に行く
絶望のてっぽう百合を抱きしめる

父の忌の雨降り止まぬ破れ傘

鬱晴れぬ身ぬちに蝶を飼いしより

陽が沈む蘆原に父置き去りに
黄水仙われのこころを覗き込む

冬の薔薇もしも拳銃ありとせば
毒気少し残せり冬の遺言書

幾重にも仮面のありし冬ざくら

鬼踊る荒畑の火の盛んなり

微酔いて深井に嵌まる黒揚羽

冬すみれ眠り落ちたる此岸かな

駑馬の死や静かに冬の雨がふる
飢餓海峡蛇が抜手を切ってくる

手籠めせし母を離れぬ黒揚羽

水かげろう蠢いているはらからよ

炎天や捨てたる影にかこまれる

秋ざくら言葉のみ込む齢なり

口癖の死にたがりやはベジタリアン
あじさいの花でダヴィデを埋めたし

かまいたち羽を捥がれし堕天使よ

くらやみは我がふるさとよ死蛍

かるがると死者は跳びゆく夜の断層

酔芙蓉ふらり平坂のぼるかな

盲目の蒼《そう》氓《ぼう》にして国滅ぶ
黄泉の世に羽搏いているひばりかな

青葉には慈悲心鳥がよく似合う
蛍袋にすくすく育つみどり児よ

榗山に鬼火を放つ父なりき

末黒野は我の孵りし地なりけり

髑髏《されこうべ》からからと鳴る風車
冬椿落花の刻をはかりおり

枯蓮ゆっくり天に昇りゆく

第三の凶器となりしそばの花

俳毒が抜け出してゆく煙出し

冬椿死はきらきらと陽をまとい

冬銀河落ちゆく人の悲鳴聞く

老骨に赤子は重し苔の花

旅人に日陰をつくる大向日葵
非業の死嘴鳴らす白鳥よ

駆落ちと知らず雪虫つきまとう

花カンナ生れし稚《やや》の四肢の張り

新種には非ず汚染の奇形蝶

夕暮は舌もて遊ぶ百日紅

カルメンを悲しい貌で聞く男

セシウムが双頭の蛇生み出せり

雪虫をなぶるつもりが嬲られし
からたちや密会の小屋消えており

赤子泣き狂女が哭ける凌霄花
櫨紅葉身を引き裂きしごと朱し

死者たちがはしゃいでおりぬ祭笛

木の実雨厨子王安寿の子守唄

ひらさかは腥き風吹き通し
点睛のごとく穴より蛇出ずる

無《む》辜《こ》の声病室に咲く冬つばき

冬の海みちのくかくも荒れいしや

雪虫や狂者は泪を出さず哭く

古びたる頭《とう》蓋《がい》縮む木の芽どき

止め得ず落花のあとの胸騒ぎ
アラビアの唄を忘れしカナリアよ

白図から巨大な蝶の飛び立てり

黒薔薇の祖先はかくれきりしたん

色街の塀を這いずる青蜥蜴
でいご枯れる足に鎖をつけしまま

ヒヤシンス手に触れしものみな孤独

恋の齟《そ》齬《ご》取り残されし百日紅

然り気なく打ちひさがれし鱝《えい》を抱く

死神のもてあそびいる猫じゃらし

一撃す妻に憑りつくくちなわを
倒される欅に吾を見ていたり

日にいちど芒となりてそよぐなり
絡みつく海髪《うご》に記憶を盗まれる

理不尽を罷り通せし月見草

絶壁に咲く玫瑰《はまなす》が声放つ

蒼白の血をもて翔べりつゆの蝶

葉鶏頭天の蒼さを怖れけり

他人事と言えず榠櫨の気が触れし

黄落や吾より抜けてわれを見し

生まれつき悲しい貌よ吾亦紅

白牡丹閨というものありにけり

頭蓋から毀れてゆきぬ花八手
病室の窓が荒野になっている

ひめゆり部隊の悲劇から戦後七十年を経過せり

骨片の茶色になりし姫百合よ

黄昏や梟の目の光り出す

わが影の薄れゆくなり冬のダム

酒を絶ち白斑の鷹を飼いはじむ

群れなして旅人襲う枯向日葵

句集　老年期　畢

あとがき

本句集は『摩天楼』につづく第六句集で、平成十九年一月から平成二十七年八月までの作品二〇八句を三章に分けて自選収録し『老年期』と題した。この題名自体を特に作品として表出した句はないが、作品の総てが私の老年期に当り、八十歳を越してからの句も多いので『老年期』と題した次第である。

実は、私自身右第五句集を以て、句集発刊は最終、打止めと考えていた。その『摩天楼』の出版時、既に七十八歳で、句作的には極限の状態にあり、加齢によるマイナスの諸現象の到来は必然で、老後のことを思うと、道楽はもうお終いと考えざるを得なかったからである。事実、その後間もなくして、初めて点滴や入院を経験し、以来断続的に入退院を繰り返すことになった。

幸いなことに、死に至る大病という病には至らず、但、多年の入院が禍して足の筋肉が弱り、車椅子の生活を余儀なくされて、目下それと格闘中である。

俳句は、従前の延長線上に於て「頂点」同人作品を主眼に、ただ漫然と句作を続けてきたが、昨年秋頃、試みに第五句集を始めとして、第四句集『天網』、第三句集『太古』を開いてみて、その作品の差に愕然としたのである。『摩天楼』のあとがきに記述したが、私は「重くれ」の俳風を好み、一方に於て作品の卑俗性を最も嫌った。ただこの私の理想の俳句を充足させる為には、相当に優れた感性や詩性を必要とするが、既に加齢の洗礼を受けた私には最早や錆びた感性しか残らずそれらが全く喪失していた。その事実に愕然としたのである。だが、それは私自身の命題であり、事実に即して私自身が前途を決めねばならない。私の懊悩はそれから三ヶ月以上続いたと思う。そしてようやく自分の活路を見つけた。それは、作品自体が卑俗でもよい。俗語を使っても構わない。

身辺の惹かれた事実や言語、即ち森羅万象を思い通り作品化してみようということ。換言すれば、私の老年期の生活を、私ならではの発想と表現で作品化していきたいということである。以来幾分か気が楽になったことも事実である。

さて、改めて第六句集の出版を決意するに至ったのには環境の激変があり、人との出合いがあった。私は今、中野区江古田所在の特別養護老人ホーム、中野友愛ホームに居を移し生活しているが、現生活の新館を事実上統轄している、主任佐野由紀氏が、その人である。介護に関する知識及び実務経験もさる事ながら、その前向きな人生観にも否応なしに納得させられる。一口に言って極めてアグレッシブな性格と言えるが、その先見性と決断力は際立っており、私も生活全般の指導に於て、その斬新な決断力によって救われ、年齢を超えた希望を与えられて、生きる意欲は、第六句集の実現となって陽の目を見ることが出来た。

その実現には、妻、美音子の理解と協力があったがゆえと、ここに改めて感謝の意を表する次第である。

本句集の装丁については、義姉（妻、美音子の長姉）で画家の直江眞砂が描いた、文藝春秋刊『猫の王国美術館』より、その作品一枚を抽出しカバーの絵とした。本書は古今東西の名画といわれる絵画に写真も加え、その総てを猫の王国の世界としてパロディー化し作品化している。登場する主人公はみんな猫であり、正に楽しいパロディーの世界だが、本句集の作者がこの絵に感応したのは、この自画像のもつ雰囲気が、作者の美化し、意図する老年期のイメージに適合したからであろう。（この原画に該当する図版となったのは、イタリアの、戦後最高のオペラ歌手といわれた、マリオ・デル・モナコのレコードジャケットの写真である）。
最後にその要望をお聞き下さった出版社「文學の森」スタッフの皆さんの一方ならぬご芳情があった。此処に改めて心から感謝申しあげる。

平成二十七年十月

杉田　桂

著者略歴

杉田　桂（すぎた・かつら）

昭和４年、宮城県生まれ
句誌「小熊座」を経て「頂点」同人
句集に『神の罠』『ふかき眠り』『太古』『天網』『摩天楼』
現代俳句協会会員

現住所　〒164-0003
　　　　東京都中野区東中野 5-23-6-1114
電　話　03-3366-3872

句集　老年期

発　行　平成二十八年一月二十七日

著　者　杉田　桂

発行者　大山基利
発行所　株式会社　文學の森
〒一六九-〇〇七五
東京都新宿区高田馬場二-一-二　田島ビル八階
tel 03-5292-9188　fax 03-5292-9199
e-mail mori@bungak.com
ホームページ http://www.bungak.com
印刷・製本　竹田　登

ISBN978-4-86438-506-0　C0092